Stef Burghard
props

D1641701

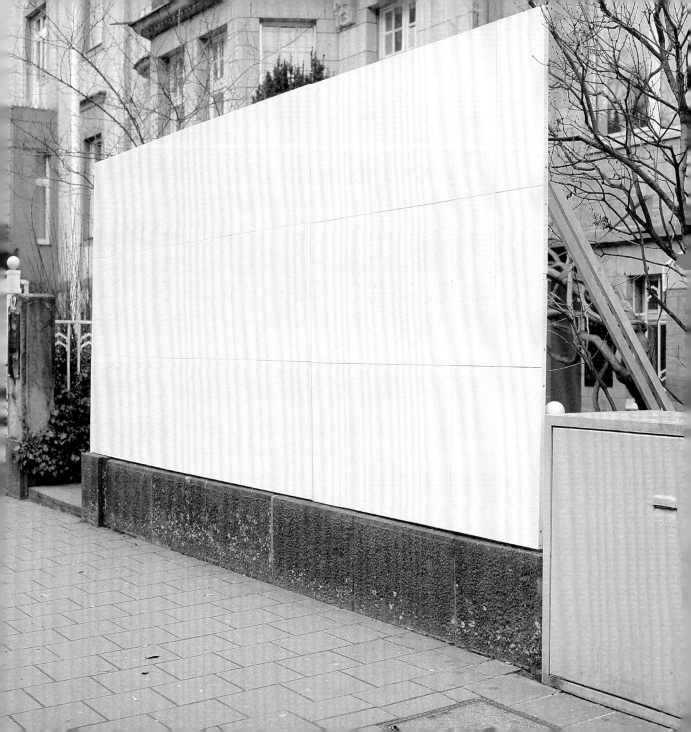

Gespräch

Kathleen Rahn / Stef Burghard

▷ **KR:** Der Titel deiner Ausstellung ist „props", was eigentlich Dummies, Repräsentanten, aber auch Stützen bedeutet. In seiner Eröffnungsrede verwies Alexander Koch auf den Begriff „Proposal" - Vorschlag, der darin enthalten ist. Was bedeutet props für dich?

▷ **SB:** props meint zum einen Ausstattungselemente im Theaterbereich. Ein weiterer Hintergrund für den Titel bildet die Bewerbung von Gegenständen durch andere Gegenstände. Eine Praxis, die aus der Werbeindustrie rührt. Meine Objekte sind uneigentliche Objekte. Ähnlich wie Requisiten geben sie nur vor, ein bestimmtes Material oder Objekt zu sein. Inhaltlichkeit wird für eine kulissenartige Funktion aufgegeben. Sie sind hohle Oberfläche — eben Repräsentanten.

▷ **KR:** Was war Ausgangspunkt für deine Ausstellung in der Galerie Just?

▷ **SB:** Weder architektonisch, noch von ihrer bisherigen Belegung sind die Räume der Galerie kommentarlos zu "bespielen". Dieser Kontext verlangte eine grundsätzliche Modifikation der Rahmenbedingungen. Meine Intervention besteht aus einer quasi-architektonischen Klammer durch die beiden Außenarbeiten, der Trennung der drei Ausstellungsräume der Galerie und schließlich der Bearbeitung der einzelnen Räume. Ich biete den Ausstellungsbesuchern "Propositionen" auf unterschiedlichen Ebenen an - um auf das Wort zurück zu kommen.

KR: Beim Gang durch deine Ausstellung kann man eine bewusste Führung der Besucher erkennen. Zunächst werden sie vor eine weiße "Blechwand" gestellt, die den Vorgarten verbaut, dann kommt man auf einen Steg, auf dem man fast bis ans Ende der Ausstellung geht.

SB: Mit der ersten Setzung im Vorgarten versuche ich die architektonische Struktur der Galerie zu verändern und untersuche wie Aufmerksamkeit erzeugt wird und sich daraus Präsentationsstrategien ableiten lassen. Die vorgeblendete Fassade aus Regalböden vor der Galerie funktioniert als Hülle, als Element zwischen Verweigerung und Versprechen. Sie verstellt den Blick in den Vorgarten, führt aber durch ihre Winkelform in die Galerie.
Das zweite Element das du ansprichst, der Steg, setzt die Räume der Galerie, die ich voneinander getrennt habe, in einen neuen Bezug zueinander. Gleichzeitig verbindet der Steg den Auftakt der Ausstellung (die Blechfassade vorne) mit dem Schlusspunkt (das Billboard / die Projektionsfläche im Garten hinter dem Haus). Die einzelnen Räume, die durch den Steg verbunden werden, zeigen unterschiedliche Muster von Darstellung, auch im Sinne von Theatralität.

KR: Fällt in diesen Bereich von Inszenierung auch die Verwendung von Licht bei dir?

SB: Ja, die Halogenspots der Galerie wurden durch Tageslichtneon ersetzt. Statt der Fokussierung eines Objektes werden Zusammenhänge durch Beleuchtung hergestellt.

KR: Im ersten Raum, den man vom Steg aus einsehen kann, sieht man eine Ebene aus weißen Pappen auf denen drei, wie vom Wasser weichgespülte Marmorsteine liegen, dahinter sind in die Pappkartonwände eingelassene, leere, beleuchtete Nischen. Man kann nicht hineingehen.

SB: Ich arbeite formal mit Displays, die beispielsweise aus der Präsentation von Mode, innerhalb von Showroom-Architekturen kommen. Ich sehe diese Codes als Konstitutiv für grundlegende gesellschaftliche Strukturen. Phänomene wie Markenbildung, Imagetransfer, Product Placement haben aber auch in der Kunst große Bedeutung. In diesem Zusammenhang ist die Distanz, die dem Betrachter beim ersten Raum den Zugang verwehrt, als Anlehnung ans kommerzielle Schaufenster lesbar. Ich baue Dummies, die bekannte Muster und Strukturen mimetisch nachvollziehen und reflektieren.

Die Pappdisplays werden durch nachgebaute und ausgehöhlte Findlinge aus Marmor ergänzt. Auch, wenn ich hier mit einem hoch aufgeladenen Material arbeite, verschmelzen die Steine in Verbindung mit den Pappen zu einem leeren Bild – zu einem Diorama, denn die Möglichkeit der räumlichen Erfahrbarkeit wird eliminiert. Die Beleuchtung der leeren Präsentationskonstanten, den Nischen wie du sie genannt hast, unterstützt diese Rezeption.

KR: Es geht dir also nicht darum Präsentationselemente des Warenhauses direkt in die Galerie zu übertragen, sondern um Präsentation von Repräsentation.

SB: Ja, oder um Präsentation von Präsentation. Es muss nicht notwendiger Weise die Semantik von Flagshipstores beschrieben werden.

KR: In den nächsten Raum kann man eintreten. Mit der Sansevieria brichst du das minimalistische Objekt, das als mobiles Sitzmöbel fungieren kann.

SB: Wo du eine kunsthistorische Kategorie erkennst, sieht der weniger geschulte, aber aufmerksame Betrachter eine Bank mit einem Pflanzenkübel darüber. Dieser Raum der Galerie hatte für mich von Anfang an den Charakter eines Vorzimmers oder einer Lobby: die mattierte Glasfront zum Flur hin, die vielen Türen, die in andere Räume führen.

Die Sansevieria steht als „ornamental plant" beispielhaft für eine schmückende Arabeske, eingesetzt in ein „mobiles Mobiliar", das eher als Ausstellungskontext, denn als autonomes (post-)minimalistisches Objekt fungiert. Die Sansevieria eignet sich hier besonders, da sie verschiedenen Bedeutungsshifts unterworfen ist, formal dabei aber ausgesprochen zurückhaltend daherkommt. Die Beliebigkeit der Pflanze ergibt sich durch die Vielzahl der Zuschreibungen. Sansevierien tauchen bei Max Beckmann oder Karl Schmidt-Rottluff, dann weiter bei Jaques Tati und später bei David Lynch auf. Mit Bezeichnungen wie "Schwiegermutterzunge", „Siemensorchidee" oder "Metzgerspflanze" werden noch mal andere Kontexte aufgemacht. Die Unspezifizität dieser Pflanze macht also gerade ihren Reiz aus. Nicht die Pflanze an sich ist gemeint, sondern das Potential, das ihr beigemessen wird. Ich benutze sie als stimmungskonstruierendes Element.

KR: Im letzten Raum, dem Büroraum der Galerie, der ebenfalls als Ausstellungsraum genutzt wird, spitzt du die Bearbeitung des vorgefundenen Systems zu, der Arbeitsplatz der Galerie wird von einem Tresen verkleidet.

SB: Die Bürosituation wird verblendet, das Bürosystem verschwindet und gleichzeitig habe ich versucht einen scheinbar professionellen Tresen zu erzeugen. Diese Situation entspricht einer repräsentativen Ausstellungsansicht – so wie in einem Foto des Barcelona Pavillons Mies van der Rohes Personen eigentlich nichts zu suchen haben.

▷ **KR:** Im Gegensatz zu Friedrich Kiesler ist ja bei dir die Präsentation selbst das Objekt und dient nicht als Display für andere Kunstwerke. Die Pappen an der hinteren Wand des Büroraums kann man als Einzelarbeiten lesen, die zusammengesetzt ein Relief bilden. Diese Pappen, die ursprünglich Farbeimer trugen und deren Abdrücke recht regelmäßig sind, wurden glänzend fein bearbeitet und in einer modernistischen dem Betrachter folgenden optimaler Sichtbarkeit arrangiert. Sie werden von starken Eisengelenken getragen.

▷ **SB:** Der letzte Raum bietet einen Rekurs in Präsentationsmethoden der Moderne; auch im Bezug zu Herbert Bayer oder Friedrich Kiesler. Ich glaube nicht mehr daran, dass der Blick des Betrachters orthogonal zur Bildoberfläche verlaufen muss um ein Optimum an Wahrnehmung zu erzielen (Bayer). Das wird dann auch in dem Moment klar indem ich die Pappen überlappen lasse. Der optimierten Wahrnehmungsmöglichkeit des Einzelbildes setze ich die Präsentationsmechanik entgegen. Der Blick hinter die Oberfläche, der beim Diorama völlig unmöglich ist, passiert bei dieser Hängung fast automatisch. Ich sehe diese dicken Hintergestelle als überzeugendes Gegengewicht zur leichten und geschönten Ornamentik der Kartons.

▷ **KR:** Inwiefern bist du von Kunsträumen abhängig? Wie setzt du Material ein, das du in diesen Raum überführst?

▷ **SB:** Ich habe mich entschieden die Funktion des White Cubes - als Präsentationsort - zu nutzen. Hier kann ich besser als irgendwo Präsentation und Repräsentation nachvollziehen und befragen. Zum Material: Unter anderem arbeite ich mit Pappkartons, die ich finde, platt mache, nach außen kehre und mit Wandfarbe weiß streiche um damit Flächen und Körper zu bauen. Ich kaufe sie nicht als Meterware, sondern benutze Pappen, die schon mal die Funktion hatten etwas zu beinhalten oder zu tragen. Sie waren jedoch nicht selbst gemeint, sondern rationalisierend eingesetzt, wie auch die Blechregale, die eigentlich Dispositive sind. Die Bauweise entsteht dann so unaufwendig wie möglich und so sorgsam wie nötig: Die Pappen werden mit Klebeband zusammengeklebt und die Blechböden miteinander verschraubt. Aber – es geht mir nicht um die Ästhetisierung alltäglicher Materialien, der Marmor argumentiert gerade dagegen.

KR: Dennoch impliziert deine Ausstellung, dass du die gezeigten Oberflächen und Verweise nicht gänzlich auflöst. Die Betrachter können sich ihren Weg durch die Ausstellung zudem nicht frei wählen, sie sind aufgefordert deinem Leitsystem zu folgen.

SB: Es kann sich eine gewisse Betrachterenttäuschung einstellen. Die Betrachter werden nicht unbedingt diktatorisch durch die Ausstellung durchgesteuert, doch scheint sie sich auf eine konfrontative Art zu formulieren. Die Betrachter bekommen keine (persönliche) Geschichte erzählt. Stattdessen werden sie mit sich selbst konfrontiert, viel sublimer als es beispielsweise im Minimalismus funktioniert, wo dies noch über einen direkten Objekt-Subjekt Zusammenhang vollzogen wird. Ich sehe den Mangel an Narration, vor allem aber den des verlässlichen Objekts, als Basis für eine Auseinandersetzung, die den Betrachtern maximale gedankliche Freiheit zuspricht.

KR: Du arbeitest mit Systemräumen, die du vorfindest — früher eher diskursiv und dann skulptural installativ. In Karlsruhe hast du zum ersten Mal ein leeres Display in einem leerstehenden Ladenlokal gezeigt, ein Raum, der als Ausstellungsraum fungiert.

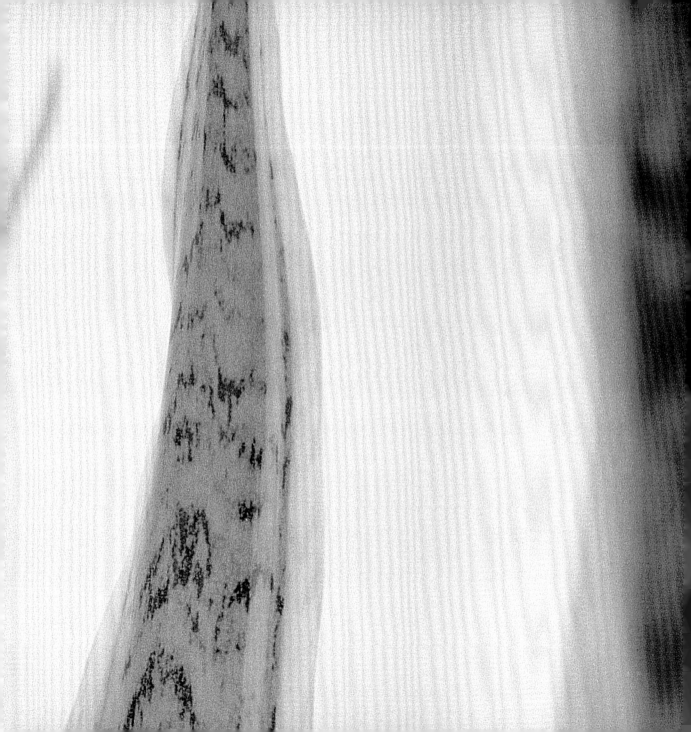

▶ **SB:** Der Schritt von der rein diskursiven Arbeit zur räumlichen Argumentation, den du ansprichst, war bewusst und notwendig. Ich habe mich für ein anderes formales Repertoire entschieden, mit dem ich sehr präzise Stellung beziehen kann. Die "Nullstelle", die die Ausstellung in Karlsruhe markiert hat, habe ich für Düsseldorf erweitert. Es wurden neue wichtige Werkzeuge eingeführt, ohne die Idee auszudünnen.

▶ **KR:** Du hast mir mal geschrieben, dass dir die formale Ausdrucksform nicht so wichtig ist, da natürlich der Inhalt das Entscheidende ist, dementsprechend analysierst du vielmehr die Codes der Kunst sowie Wahrnehmungsmechanismen des Alltags. Ausstellungstitel von dir wie displayed, claim und preview belegen diese Annahme.

▶ **SB:** Ja, aber ich habe auch geschrieben, dass ich um das Machen von Objekten leider nicht umhin komme. Ich wurde auch gefragt, ob ich mir etwas anderes als den Stein als Teil des Dioramas vorstellen kann. Klar, das kann man machen. Die Steine bilden mit diesen Pappen Funktionsträger durch ihre Präsentationsform, genau wie die Sansevieria durch die Interferenz mit dem Möbel und dem Raum neue Muster hervorbringt. Jedes Element der Ausstellung beeinflusst die anderen, es sind keine Einzelarbeiten, es ist eine Arbeit. Das funktioniert auch über mehrere Ausstellungen hinweg, deswegen verstehe ich props in mehrfacher Hinsicht als exemplarisch.

Das Geheimnis des Pradastrumpfs

Referenzflächen einer Ökonomisierung des Sichtbaren

Stef Burghards künstlerische Haltung korrespondiert - wie bei vielen Kolleginnen und Kollegen, deren Praxis sich ab Mitte der 90er zu formulieren begann - mit einem Denken, das der Analyse der ökonomischen und institutionellen Parameter künstlerischen Arbeitens verpflichtet ist. Eine Haltung, die es gelernt hat, auch die eigene Künstlerrolle in diesem Zusammenhang erneut mit Skepsis zu betrachten und ihre aktuellen Implikationen zu überprüfen. Nicht selten stellte sich heraus, dass der dabei formulierte Anspruch, System- und Selbstkritik zu den Grundlagen des eigenen Handelns zu machen und das Verlangen, Kunst dennoch als eine persönliche Handlungsperspektive weiterhin zu bejahen, soweit auseinander brachen, dass der verbleibende Spielraum im zeitgenössischen Diskursklima eng wurde.

So zog Burghard es bisweilen vor, auf den eigenen künstlerischen Sprechakt weitgehend zu verzichten und stattdessen einem Kunstkritiker das Wort zu erteilen, den er im Rahmen eines Projektstipendiums der Galerie für Zeitgenössische Kunst Leipzig 2001 gemeinsam mit seinem Künstlerkollegen David Buob zum handelnden Akteur seiner Arbeit machte, Preisgeld und Studio an ihn weitergab mit der Auflage, über eben diesen Dreh an den Stellschrauben feldinterner Parameter ein Buch zu schreiben.

Unsere Generation hat in den 90ern aber auch erneut gelernt, dass Analyse und Kritik keine Werte an sich sind. Und, dass wir nicht Handlungsunfähigkeit von ihnen erwarten, sondern, dass sie uns dazu dienen müssen, Möglichkeiten zu finden, um uns letztlich als Künstler zu artikulieren: im Raum, im Material, in der Form, über unsere Wahrnehmung und unser Empfinden.

Burghard hat diese Bewegung vollzogen. Seit 2002 argumentiert er wieder in Skulpturen und Installationen. Er wendet sich an unseren Blick, auch an die Bewegungen unserer Körper im Raum, legt und verstellt Wege und Sichtachsen. Er postuliert ästhetische Atmosphären so, dass der Galerieraum als Ausgangspunkt für eine konzeptuelle Theatralität erkennbar wird, mit der ein kritischer und analytischer Ansatz zu einer Sprache findet, die nicht trotz, sondern wegen ihrer visuellen und skulpturalen Fassbarkeit zum (selbst)kritischen Reflex fähig ist.

Alexander Koch
Berlin

Ich werde im Folgenden eine Lektüre Burghards jüngster Arbeiten anbieten, die zweierlei unterstellt:
1. Unser Leben, unsere sozialen Beziehungen, aber auch unsere Wahrnehmung und die ästhetischen Codes, mit denen wir operieren, werden heute in einem Maße kommerzialisiert, dass sie zunehmend selbst als Waren begriffen werden. Diese Durchökonomisierung aller Lebensvollzüge, die sich ganz im Einklang mit neoliberaler Politik vollzieht, betrifft natürlich auch die Kunst. Und zwar nicht nur die Kunst als gesellschaftliches, als soziales Feld, sondern auch die Ästhetik und damit alles, was sie an Sichtbarem hervorbringt, bis hinein in die konkrete Struktur der Oberflächen, denen wir uns als Betrachter zuwenden.
2. Ich unterstelle Stef Burghard, dass er dieser These zustimmen würde und, dass er den Versuch unternimmt, eben diese Ökonomisierung der Sichtbarkeit, die dem alltäglichen Blick meist verborgen bleibt, sichtbar zu machen. Er tut dies, indem er zwei unterschiedliche gesellschaftliche Räume ineinander blendet:
1. den des modernen kommerziellen Interieurs der Modeinstitute von Mailand, Tokio und New York (Stichwort Prada) und – damit zusammenhängend – das zweidimensionale Paradigma der Werbeindustrie, das Billboard,
2. den Raum der Kunst, in diesem Fall die Räume der Düsseldorfer Galerie Just.

Er schließt Präsentationsstrategien miteinander kurz, die in beiden Zusammenhängen zur Anwendung kommen. Indem er sie konzeptuell überhöht – und zwar dadurch, dass er sie auf der Ebene skulpturaler Nicht-Perfektion unterläuft (durch das povere Material und die pragmatische Ausführung) – lässt er Funktionen und Interessen sichtbar werden, die in beiden Räumen wirksam sind.

Wie jedes leere Blatt Papier und wie jede weiße Leinwand, so stellt auch die temporäre, aus Regalböden gebildete Architektur, die Burghard im Außenraum vor der Galerie installiert hat, einen Nullpunkt dar und ist damit Potenz, ein Versprechen auf alles Mögliche, ohne sich auf irgendein Konkretes festzulegen. Indem sie gleichzeitig zeigt, schweigt und verbirgt, vollzieht sie in aller Einfachheit eine komplexe dialektische Bewegung, die für die ganze Ausstellung gilt:

Sie buhlt aus reinem Eigeninteresse um die Aufmerksamkeit der Passanten, besetzt visuellen Raum, den sie inhaltlich nicht füllt (und verhindert damit geradezu, dass sich an dieser Stelle eine andere Position stark macht), bindet unseren Blick an sich und verstellt im selben Moment die Durchsicht auf Vorgarten und Galerie, verblendet die gewohnte Ansicht.

Bereits zu Beginn ist damit die ästhetische Operation klar, die Stef Burghard im Folgenden ausarbeitet und verschiedentlich variiert.

Der Laufsteg, der uns am Hauseingang in Empfang nimmt, schiebt dem Besucher die Rolle des Models unter und schmeichelt damit virtuell seiner Eitelkeit. Der Laufsteg wurde erfunden, um exquisite Körper und ihre ebenso exquisite Verhüllung demonstrativ zur Schau zu stellen, ohne sie irgendwo hin zu führen, außer in die Nähe von Käufern und Fotografen. Hier wird er zum Leitsystem, das uns an den Galerieräumen vorbeiführt, die Burghard so untereinander abgeschlossen hat, dass sie nun wie Kojen auf einer Messe nebeneinander liegen, die wir einer externen Bewegungsachse folgend abschreiten wie der Flaneur die Schaufensterfront eines Geschäftshauses. Die Bewegung auf dieser Bahn endet im Hinterhof, wo wir erneut vor einer leeren weißen Fläche stehen. Sie verwandelt den Garten in ein Open-Air-Kino. Ein weiteres Paradigma visueller Verführungskunst – wieder jedoch nur als leere Hülle.

Die mittlere Galeriekoje verbreitet eine kühle Foyeratmosphäre. Was zwischen Türen und leeren Wänden die Möglichkeit bietet, sich zu setzen, könnte eine Museumsbank sein. Allerdings ist sie beweglich wie ein Rollcontainer. Burghard nimmt hier die Formensprache des Minimalismus auf, schiebt ihr aber Räder unter und diskreditiert sie damit ironisch zum Stichwortgeber für ein multifunktionales Möbelstück.

Die Pflanzen, die die Bank zum Raumteiler machen, können wie ein Schlüssel zum Verständnis der Ausstellung betrachtet werden. Sansevierien, mit denen Burghard wiederholt gearbeitet hat, haben eine Vielzahl kontingenter Bedeutungen und Geschichten. Sie stehen in Banken und Reisebüros, zählen zum Requisitenfundus von Film- und

Fernsehproduktionen, finden sich in der Werbung wieder. Stef Burghard verwendet sie als Platzhalter, als Arabesken, als Stereotypen, die nicht wie bei Broodthaers auf das Exotische verweisen und sich auch nicht für kippenbergersche Birkenwaldpoesie eignen. Im Prinzip können sie nicht mehr repräsentieren, als die Tatsache, eben irgendeine Pflanze zu sein, deren Popularität in ihrer Uneigentlichkeit zu suchen ist.

Genau das meint der Ausstellungstitel „props": Props, englisch, erinnert zu Recht an propsal. Props sind künstliche Fassaden, Dummys, pragmatische Abstraktionen ohne Inhalt. Und in eben diesem Sinne sieht Burghard den Charakter seiner Skulpturen und Räume: sie haben Vorschlagsfunktion, nichts Eigentliches. Sie sind wie Filmkulissen, die aus der Leinwand gefallen sind. Ihre Fähigkeit zum Illusionismus ist ihnen abhanden gekommen, weil sie plötzlich direkt vor uns stehen, ohne die Inszenierung durch die Kamera. In der Weise, wie sie uns und sich selbst ent-täuschen, lassen sie erkennbar werden, auf welch simple Art ihre Täuschung ansonsten jeden Tag funktioniert.

Auch der erste Raum der Ausstellung, das Diorama, ist eine solche Kulisse. Die hier platzierten Objekte werden durch ihre Unantastbarkeit und durch die lichtdramaturgische Inszenierung auratisch aufgeladen, erscheinen wertvoll, begehrenswert: teuer. Eben so, wie es das Prada-Interieur intendiert. Aber die drei Steine, die das exklusive Sujet des Zen-Gartens und seine transzendentalen Qualitäten adaptieren, die wir im Westen selten wirklich verstehen, sind nur das Image ihrer selbst. Sie sind aus Marmorquadern gehauen, sind also Stein, aber nicht der, der sie ihrer jetzigen Form nach zu sein vorgeben. Sie sind skulpturales Produkt. Ihre sandgestrahlte Oberfläche aber lässt keinen Duktus, keine Spur der formenden Hand eines vielleicht genialischen Künstlersubjekts erkennen. Und selbst ihre Schwere auf dem leichten Unterbau tut nur so als ob. Sie sind unten abgesägt und innen ausgehöhlt, so dass mehr als ihre Oberfläche auch dann nicht zu haben ist, wenn wir sie in Händen halten.
Mit einem Wort: Sie sind Oberfläche.

Der letzte Raum schließlich, Büro und Verkaufsraum mit einem verhinderten Tresen, bindet die Frage nach der Konstruktion von Sichtbarkeit und nach der Konditionierung des Betrachterblicks zurück:
1. an die Logik der Galerie – hier sind endlich Bildobjekte käuflich zu erwerben (Flachware, sogar im weitesten Sinne Malerei) – und 2. zugleich an eine historische Diskussion, in der sich die ganze Ausstellung verortet.
Mit den 18 Bildobjekten greift Burghard auf Displaykonzepte von Frederick Kiesler und Herber Bayer zurück – zwei Väter der modernen Ausstellungsarchitektur. Für die Guggenheimgalerie in New York baute Kiesler 1942 einen Präsentationsraum, in dem Bilder der Surrealisten an schwenkbaren Armen angebracht waren, die sich dem gewünschten Blickwinkel entsprechend verstellen ließen.
Ähnlich Herbert Bayer – Designer und Architekt aus dem Bauhauszusammenhang. In einer Ausstellung des Deutschen Werkbundes inszenierte er 1930 die Bildflächen von Fotografien so, dass sie einen idealen Betrachterstandpunkt postulierten. Optimierung und Effizienz der Wahrnehmung. Das würde heute auch in ein neoliberales Kulturprogramm passen.
Die konzeptionelle Anlage von Burghards Ausstellung macht es lohnenswert, die in ihr formulierten Fragen an die Rolle und Funktion des Displays noch einmal zuzuspitzen:
Displays (in einem etwas anderen Sinne: Dispositive) können wir als Oberflächen oder Settings verstehen, die als Untergrund für die Präsentation von Etwas dienen. Was auch immer präsentiert wird – ein Schuh, ein Bild, eine politische Meinung – hat einen solchen Unterbau, einen solchen Rahmen, und erhält seine Bedeutung niemals unabhängig davon.
Mindestens von der Konzeptkunst her, die neben dem Minimalismus das entscheidende Referenzsystem für Burghards Arbeit liefert, können wir wissen, dass kein Rahmen jemals unschuldig oder neutral ist. Im Gegenteil: Das 20. Jahrhundert hat viel Energie darauf verwandt, zu lernen wie viel von ihm abhängt: Wie er Macht ausübt über das, was er sichtbar macht – schon dadurch, dass er es sichtbar macht –, wie er Körper und Blicke lenkt und diszipliniert, wie er Ideologien unausgesprochen transportiert, wie er unser Handeln und unsere Identität zu bestimmen in der

Lage ist, oder auch: wie es durch ihn gelingt, alles als käuflich erscheinen zu lassen. Die Pointe ist: Durch unser gewachsenes, kritisches Bewusstsein für diese Eigenschaften des Rahmens ist dieser oftmals zum eigentlichen Bedeutungsträger auch künstlerischer Artikulation geworden. In eben diesem Sinne präsentieren die Präsentationsmodule Burghards sich selbst als Präsentationsmodelle, die unter dem Verdacht stehen, die heimlichen Hauptakteure einer Ökonomisierung unserer Aufmerksamkeit zu sein.

So mag ein geeigneter historischer und theoretischer Rahmen für die Fragen aussehen, die Stef Burghard aus seiner skulpturalen und installativen Praxis heraus formuliert und die eine Anekdote metaphorisch einfassen könnte, die Walter Benjamin in seiner *Berliner Kindheit um Neunzehnhundert* aufschreibt: Benamin erinnert sich, dass er sich als Kind leidenschaftlich von der Kommode seiner Mutter angezogen fühlte, sie öffnete und einige Socken und Strümpfe heraus nahm, neugierig darauf, was diese vielen Knäuel wohl enthalten mögen. Und jedes Mal, wenn er eines von ihnen entfaltete, war er nachhaltig fasziniert von der Tatsache, dass sie nichts enthalten, bzw. dass sie nichts außer sich selbst enthalten: Dass Verpackung und Verpacktes identisch waren. Dass sich aus dieser Erfahrung hervorragend eine zeitgemäße Medientheorie ableiten ließe, kann man sich vorstellen.

Stef Burghards Oberflächen und Präsentationsmodule sind solche Socken und Strümpfe. Dass sie im Innenraum aus auseinandergefalteten Kartons bestehen, die keinen Inhalt mehr haben – der ja in der Regel ein kommerzielles Produkt ist –, sondern nur noch ihre eigene Oberfläche als Träger einer neutralisierenden weißen Farbschicht transportieren, macht die Analogie sinnfällig. Ob das Prinzip der Socke zu einer Kritik oder einer Theorie der Ökonomie der Sichtbarkeit oder der Sichtbarkeit der Ökonomie fähig ist, die Benjamin so sicher nicht antizipiert hat, wäre dem geneigten Betrachterblick zu überlassen, dem angeraten sei, Burghards Ausstellungen sowohl mit systemkritischen wie auch mit selbstkritischen Reflexen wahrzunehmen.

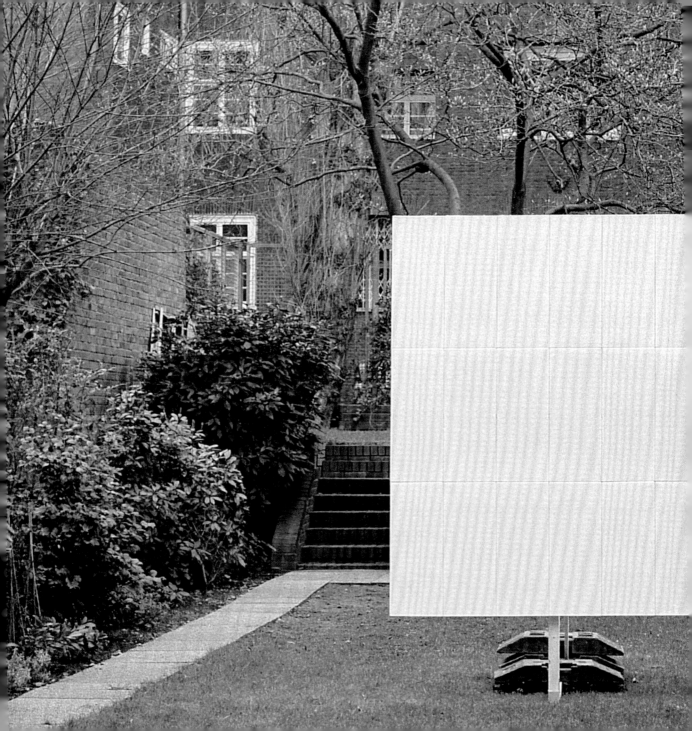

Stef Burghard
[1971]

lebt und arbeitet in Berlin

2002 - 2003   Akademie der Bildenden Künste, Wien

1998 - 2003   Hochschule für Bildende Künste, Dresden

Ausstellungen

2004   „props", Galerie just; Julia Stoschek, Düsseldorf

2003   Österreichisches Kulturinstitut; Prag
"interferenze[n]", Kunstverein Bozen
"claim" [coop. RR], Kaiserpassage 21/a; Karlsruhe
"displayed" [coop. RR], AUTO; Wien
„preview" [coop. RR], Oktogon; Dresden

2002   "Dresden Offline" [mit David Buob], Pirnaischer Platz; Dresden
"…through a window that is.", Semperdepot, Art A.T.O.M; Wien
"Borders", Fondazione Olivetti; Rom
"Was glänzt hat kein eigenes Licht", Galerie Kerstin Engholm; Wien

2001   "Strategien…", plattform; Berlin
"arbeits-stipendium" [mit David Buob], Galerie für Zeitgenössische Kunst; Leipzig

2000	"Grüsse vom Balkon", Frühlingssalon 00; Dresden
	"Dynamo.Eintracht", Altes Hauptzollamt [MMK]; Frankfurt a. M.
1999	"Orientator" [Multiple], Diverse Orte
	"spring", Frühlingssalon 99; Dresden

Stipendien

2004	DAAD Jahresstipendium
2003	Ordentliches Stipendium für Ausländer, Wien
	Stipendium JUST, Julia Stoschek, Düsseldorf
2001	Projektstipendium [mit David Buob] Galerie für Zeitgenössische Kunst, Leipzig

Impressum

Dieser Katalog erscheint anlässlich der Ausstellung "props" / Stef Burghard

13.02.-11.06.2004 / Galerie just, Julia Stoschek

Herausgeberin:	Julia Stoschek / Galerie just
	Cecilienalle 42 / 40474 Düsseldorf
	fon +49 211 4 18 42 77 / fax +49 211 4 18 42 78
Katalogkonzeption:	Romy Richter / Stef Burghard
Grafische Gestaltung:	Romy Richter
Abbildungen:	Sascha Hahn / Stef Burghard
Copyright 2004:	Julia Stoschek / Kathleen Rahn / Alexander Koch / Romy Richter / Stef Burghard /
	Snoeck-Ducaju & Zoon NV Publisher, Gent / für die deutsche Lizenzausgabe
	Snoeck Verlagsgesellschaft mbH Köln
weitere Informationen	www.galerie-just.de / www.exhibitionsinternational.be
	Snoeck Verlagsgesellschaft mbH
	Werder Straße 25 / 50672 Köln
Dank an:	Julia Stoschek, Romy Richter, Kathleen Rahn, Alexander Koch, Rita Kersting, David Buob,
	Martin Heldstab, Roman Rulf, Sascha Hahn, Peter Roeckerath, Fa. Martin Haas, Enzo

Printed and bound in Belgium

ISBN 3-936859-09-4